KB253425

지리한 장마,

그들이 보이지 않는다

지리한 장마, 그 끝이 보이지 않는다

정은호 시집

갈무리

차례

제1부 **고향 다녀온 날**

11 고향 다녀온 날

12 직책

13 아버지의 농사

15 아이와 아비

16 일요일 1

17 일요일 2

18 아버지 1

20 아버지 2

21 곰인형

22 어머니

23 옻칠

25 몸도 마음도 망가져

제 2 부 **맞교대**

맞교대　31

오늘만큼은　32

따로 국밥　33

판화처럼　34

쳇바퀴처럼　35

특근하던 날　36

덕산댁 아지대　37

다시 야근을 하며　38

나는　39

땜빵　40

새해 덕담　41

오늘도 일거리가 없다　42

늘 그대로　43

명근이 형　44

새벽　46

제 3 부 **새벽녘 거리에서**

49 새벽녘 거리에서

50 경과보고

51 3D공장

52 목감기

54 줄

55 공단대로

57 황금연휴 황금은 없다

58 운수 좋은 날

59 미안하다

60 금 닷돈

61 방울토마토

62 출석수업

64 다시 성주사 골짝에서

제 4 부 **노고단 가는 길**

노고단 가는 길 67

칠선계곡 69

세석에서 70

지리산 철쭉 71

지리산 72

사원아파트 73

꿈에 부풀었던 날은 1 74

꿈에 부풀었던 날은 2 76

여전한 것은 77

마산바다 78

장마 79

이민을 꿈꾸는 것은 80

밀레니엄 82

배추이파리 83

제5부 새

87   새

88   주 5일 근무 1

89   주 5일 근무 2

91   있으나 마나

92   인신매매

93   봄놀이

94   구속 1

95   구속 2

96   천왕봉에서

98   배달호 동지를 생각하며 1

100   배달호 동지를 생각하며 2

101   배달호 동지를 생각하며 3

102   배달호 동지를 생각하며 4

103   발문 박영희

127   글쓴이의 말 정은호

제1부

고향다녀온 날

고향 다녀온 날

직책

아버지의 농사

아이와 아비

일요일 1

일요일 2

아버지 1

아버지 2

곰인형

어머니

옻칠

몸도 마음도 강가져

고향 다녀온 날

고향 갔다 돌아오는 일요일 저녁
완행열차도 내 마음처럼
힘겹게 고개를 오른다

조심해 가거라
손 흔드는 어머니
눈물 쏟아낼 듯 한 그 눈빛
가슴에 내리꽂혀
어떻게 왔는지 모른다

오늘 따라
쉬이 잠들지 못하고
어머니를 생각한다

어머이!
걱정하지 마이소

직책

고향에 계시는 아버지가
갑자기, 직책이 뭐냐
직장생활 십 년 넘도록 했으모
무슨 직책이 있을 거 아니냐고 묻는다

평생을 다녀도
직책 같은 것 없이
급수만 올라간다고 했건만

직책이 없다는 말에
마냥 섭섭해하신다

아버지의 농사

증산운동
한창 벌어지던 해
볏가마니 세어보며 대풍이라고
환하게 웃으시던 아버지

큰 놈
열아홉에
공단 노동자로
떠나가던 날, 그 해에는
논바닥에 멸구 먹어
폭삭 주저앉은
벼를 보며 눈시울 붉히셨다는 아버지

지금은
가을이 와도
바람소리 휑한 텅 빈 들녘

자식들 밥이나 먹고사는지

담배 한대 꺼내 태우며
세상모르는
까마득한 손자 놈
보고싶다는 아버지

아이와 아비

유치원에 다니는 딸아이
시골 할머니 흉내낸다고 야단이다

고개를 숙이더니
엉거주춤
어깨 들썩
팔은 훨훨
꼽추 춤이다

평생 흙만 파며 살아온 어머니
어쩌다
기분 좋아 추는 춤
딸아이가 본 모양이다

아이는 신이 났고
그걸 지켜보는 아비는
눈시울 붉고

일요일 1

또 통화를 못했다 벌써 들일 나간 모양이다 지각하듯 시작한 대학공부가 뭔지, 농사철인데도 소설창작론 교재 옆구리에 끼고 교수도 없는 학습관 가는 마음속 핑 도는 아픔, 발걸음이 무겁다 다른 집 자식들은 새벽부터 경운기 끌고 나가 벅적거리는데, 원하는 것 한 가지도 채워주지 못하는 이 아들을 섭섭해하지나 않을지 오늘따라 왜 이렇게 가슴 찡한지……

일요일 2

큰놈 작은놈 데리고
집 앞 놀이터에 갔다가
체육공원 잔디밭 간다

아이들은 신이 났고
나는 일요일도
공장에 일하러 간 날들을 헤아려본다

일요일조차 함께 놀아주지 못한 것이
못내 미안하다

자장면 먹고 싶다
매달리는 아이들과 자장면 먹으며
얘기한다

오늘은
아주 특별한 날이라고

아버지 1

지금은 고향에서
비닐하우스에 고추를 기르시는
아버지

태어나서 딱 한번
도시에서 살던 때

초등학교에 다니던 누이가
학교에서 돌아오면
언덕 밑으로 나 있던 신작로를 따라
아버지 마중을 가곤 했었다

광목수건으로
땀을 훔치시던 아버지는
강바닥 모래를 퍼 올리며
우릴 보고 싱긋이 웃곤 하셨다

그 웃던 모습이

지금도 내 가슴에 남아
위태위태한 이 도시에서
나를 버티게 한다

아버지 2

어렸을 적에 시골 큰집 형이 우리 집으로 찾아 왔었다
형을 따라 큰집에 가겠다고 몹시 보채던 나를 아버지는
꼭 붙잡고 형이 타고 가던 버스를 향해 손을 흔드셨다

어린 자식 맨발 투정에 아버지가 만들어 주신 조그만 종
이 연 하나 지금도 날려 보고 싶다

곰인형

개천예술제 열리던 날
어머니는
손녀딸 줄 거라며
곰인형 하나 사 들고
온종일
안고 다녔다

큰맘 먹고 들어선
중화요리집에서도
집으로 돌아오는
무궁화호 열차 안에서도
곰인형 안고 다녔다

곰인형을 끌어안고
새록새록 잠이 든 딸아이한테서
어머니 냄새가 폴폴 난다

어머니

기적소리 새벽잠을 깨우는
마을, 그곳에 어머니가 있다

가을걷이 끝난 들녘
볏짚 부스러기 날리던 무렵
어머니는 새벽기차에 몸을 실었다

참깨 자루 머리에 이고
도시로 돈 사러 가던 어머니

오늘도
마산역 번개시장에서
손녀딸 주고 싶어
사탕 몇 봉지 산다

옻칠

그 날 어머니는
부엌 낡은 찬장에 옻칠을 했다
세간살이 깨끗하게 하고 싶은 마음
여인들이 화장하는 마음과 뭐가 다를까
어머니 마음도 그러했을 것이다

옻칠쟁이 옻칠하라는 소리에
세간살이 꺼내 놓으며
한푼이라도 아끼려던 아버지의 마음
왜 모를까 마는

오늘만큼은
세간살이 이것 저것
내어놓고 옻칠을 한다

들에서 돌아온 아버지 벌컥 화를 내시다가
옻칠된 세간살이들 만져 보신다
옻칠은 야무지게 된 것 같다는 말에

어머니 얼굴에도 웃음이 돌고
그날 저녁 우리집 밥상엔
보름달이 떴다

몸도 마음도 망가져

1
고등학교 때 실습 나가
몇 개월도 못 버티고 뛰쳐나와
변변한 직장도 없이
여기저기 나이트클럽 웨이터 생활
전전하더니
돈 귀한 줄,
하늘 높은 줄 모르던
동생이 자꾸 마음에 걸린다

2
옛 말처럼
남들 장에 간다고
거름 지고 따라간다더니
덜컥, 할부 자동차를 구입해
다달이 할부금도 이자도
갚지 못하고, 애물단지 되어
시골집 앞에 세워져 있다

저놈의 자동차만 보아도
아버지는 화가 치밀어
아예 보지도 않는다

3
음주교통사고 내고
유치장에 갇힌 아들
열 손가락 깨물어
안 아픈 손가락 없어
그냥 못보고,
아들놈 하나 신세 망칠까봐
농협 빚 내어 합의하고
자동차랑 동생이랑
시골집에 끌어다 놓은 날
아버지 타들어 가는 가슴
열어 놓을 수도 없어
술 한잔하시고
평상에 쓰러지셨다

4
고삐 풀린 망아지처럼
어디에도 자리 잡지 못하고
바람처럼 떠돌아다니더니
몸도 마음도 망가져
시골집 방구들 짊어진지도 꽤 되었다
동네 사람들 보기 부끄럽다며
어머니는 가슴만 치신다
언제쯤
어머니 가슴에 드리운 그늘
지울 수 있을까

5
지난번 시골집에 갔을 때
또 어디론가 바람처럼 떠나고 없다
몸도 마음도 망가진 채
나이까지 들어……
어찌 동생만 탓하랴

세상 제대로 만나지 못한
동생 마음은 또 얼마나 탈까
돈만 있고 사람은 없는 세상에서
길들어지지 않고
상처뿐인 가슴 한번
따스하게 감싸안아 주지 못한
내가 부끄럽다
무얼 하든 몸이나 건강했으면……

제 2 부

맞고대

맞고대
오늘만큼은
따로 국밥
판화처럼
쳇바퀴처럼
특근하던 날
덕산댁 아지매
다시 야근을 하며
나는
땜빵
새해 덕담
오늘도 일거리가 없다
늘 그대로
명근이 형
새벽

맞교대

출근하면
커피 한 잔 뽑아 마시며
담배 한 대 물고
숨고르기를 한다

동료들 눈도장 찍고
조회 끝나자마자
귀마개하고도
윙윙거리는 기계소리
열두 시간 맞교대 돌아간다
밥 먹고
오줌똥 누는 시간도 함께

오늘만큼은

지친 몸뚱이 일으켜 세워
일요일도 야근 들어간다

눈코 뜰 새 없이 돌아가는
빡빡한 생산일정에
월차휴가조차 내지 못하고
발발거리는 우리들처럼
공단 하늘도 어두침침하다

산다는 것은
눅눅한 아픔 하나
가슴에 품고 삭이는 것

정말
오늘만큼은 쉬고 싶다

따로 국밥

한 울타리 안에서 먹는
한솥밥
분명 똑 같은데

구조조정 있은 뒤
기계 잡은 동료와
땜빵 하는 동료 사이에
두텁게 가로놓인
벽

엇나간 마음 이어보자며
뜻 있는 동료들 삼겹살 구워놓고
소주잔 돌려보지만
여전히 따로 국밥

판화처럼
— 새벽출근

새벽 여섯 시
공장식당엔
졸음을 쫓는 담배연기
자욱하다

우유와 빵
달걀 하나를 집어들고
껍질을 벗기기 시작한다

한 폭의 판화처럼
웅크린 채

쳇바퀴처럼

오후 네시 삼십분
퇴근시간 한 시간 남았다

꿀단지 두고 온 것도 아닌데
특별한 바람이 분 것도 아닌데
괜스레 기다려진다

날마다
그날이 그날이건만

제대하고 이십 년
혼인하고 십 년
앞질려 나아간 것이 없다
앞질러 나아간 건 물가뿐

특근하던 날

놀이동산 가자며
매달리는 아이
억지로 떼어놓고
특근하던 날

갑갑한 마음 통했던 걸까
박형이 가져온 소주 한 병

점심시간 동료들 불러모아
작업장 구석에 쪼그리고 마시는
깡소주 한 잔 꿀맛이다

낮술 한 잔에
붉다거리 빛깔 좋은데
관리자들 볼세라
속이 찌리찌리하다

덕산댁 아지매

기계 두 대만 돌려도
몸과 마음 엄청 바쁜데
덕산댁 아지매
일 잘한다는 칭찬 한마디에
세 대나 돌린다

하루 내내
땀 뻘뻘
다리는 벌벌
허리는 휘청휘청

하루 이틀 일할 것도 아닌데
저러다 골병 들지

다시 야근을 하며

공장 잘 돌아갈 때는
밤낮없이 사람들로 붐볐는데

작업장 불빛 드문드문
기계 몇 대 건너
동료는 한 사람뿐
괴괴한 기계소리에 소름이 돋는다

대낮같은 불빛
쿵쾅 쿵쾅 고막을 때리던 기계소리
벅적거렸던 샤워장

다들 어디로 간 걸까
그 많던 동료들

다시 야근을 하며
마음 둘 곳 없어
공장이 무섭다

나는

오직 로봇처럼
출근하고
기계 돌리다
지쳐 쓰러져 자리에 누우면
아무런 생각이 없다

기계와 같이 망가져 가는
정신병자다, 나는

산업재해로 치면
당연히 일등급이다

땜방

구조조정 경영합리화에
부서 이동 몇 번
공장생활 십 년인데
자리잡지 못하고
이리 떠밀리고 저리 떠밀려
오늘도
몇 군데 땜빵 일 간다

축배를 들며
아이엠에프 극복했다
야단이면 무엇 하나

늘 우리는
하루 해가 길기만 하다

새해 덕담

올해 정년 맞는 종술이 형
퇴근시간에 옷 갈아입으며
덕담 한 마디 한다

공장생활
십 년 이십 년 잠깐이더니
신정 쉬고 출근 한
오늘 하루는 억수로 안 가는 기라
우쨌던 간에
너거들도 정년까지 잘 댕기라

한두 달도 내다보지 못하는 공장
농담같은 얘기 말이 된다고
동료들 손뼉치며 웃다가
씁쓸해 한다

오늘도 일거리가 없다

아침부터
빗자루 들고
하루
이틀
사흘
청소만 한다

오늘은
무슨 청소를 하나?

공장 뒤 담벼락에 기대앉아
애꿎은 담배만 태우던 종술이 형
빗자루 들고 일어선다

"야, 사장실 청소하러 가자"

늘 그대로

창문 너머
노란 은행잎이
바람에 날리고 있다

내일 모레쯤
첫눈이 온다던데

늘 그대로

작업장 라인 돌아가는 대로
몸도 돌아가고

명근이 형

여름휴가 때
밀양 얼음골 가는 길에
형을 보았다
삼랑진역 부근이 고향이라던 형
얼마 전까지만 해도
한솥밥 먹었던 명근이 형

수주물량 줄자
일부 생산라인 철거하고
업종전환 하면서
술렁이기 시작한 작업장

동료들, 날마다
담당부장 면담에 시달리고
퇴직 강요당하면서
형은 부산계열사로 옮겨갔다

간간이 들리는 소문에

부산 계열사도 일 없어
사람을 줄인다는데……

새벽

일요일 야근 특근일 마치고
집 가까이 사는 동료들
한잔들 하자고 해
새벽에도 문을 여는 국밥집에서
국밥 한 그릇 족발 한 접시 놓고
지난밤 무사히 넘긴 안부를 물으며
소주잔을 든다

빈속에
알싸하게 목젖을 적시는 쓴 소주
금세 머리 핑 돌고
밤을 샌 우리들은
어질어질하다

제 3 부

새벽녘 거리에서

새벽녘 거리에서

경과보고

3D공장

목감기

줄

공단대로

황금연휴 황금은 없다

운수 좋은 날

미안하다

금 닷돈

방울토마토

출석수업

다시 성주사 골짝에서

새벽녘 거리에서

새벽 다섯시
삼교대 근무에 쫓기어 나선
월요일 출근길

늘 북적거리던
난전시장 빠져나가며
거리 위에 남아 있는
사람들 흔적에 깜짝 놀란다

좌판 위에 싱싱한 갈치, 고등어 올려놓고
소리치던 생선장수 아줌마도
그 자리 그대로 인 것 같고
과일 행상 아저씨도 리어카 끌며
사람들 틈바구니를 비집고 다니고
뻥튀기 아저씨 고함소리도
한 걸음 앞으로 다가오고

마음에 담긴 사람들
눈에 보이지 않아도
늘 북새통이다

경과보고

에 그라니까
지난 십팔일 날
본사 노조에서 도장을 찍었다 이말입미더
그라고 나니까
우리도 급물살을 탄깁미더
그전엔 숱하게 협상을 요구했지만
미적미적 했다아닙미꺼
에 그라니까
본사 타결내용과 같이
임금은 칠만원이 되겠고예
단협은 대학상 학자금을
팔십 프센타 인상 했심미더
에 그라니까
우리처럼 형편이 쪼끔 나은
계열사는 본사와 똑같이
성과금을 백 프센타로 받는데예
형편이 어렵은 계열사들은 못 받는다 캅디더
이상으로
임단협 타결 경과보고를 마치것습미더
질문 있습미꺼?

3D 공장

정규직은
아예 모집하지 않는다

정규직을 모집한다해도
젊은 사람 오지 않는 공장

비정규직 라인에 붙이건만
점심시간 되기도 전
말도 없이 사라지고 없다

외국인 노동자들만
남아서 일하고 있는 공장

목감기

목감기 들어
목이 잠겼는데

송년회 자리
한잔하고 노래방 가자기에
하는 수 없이 따라갈 수밖에

다들 목이 터져라 신이 났는데
목이 잠긴 나는
노래를 부를 수가 없다

어쩌랴
아침에 감기약 챙겨주던
아내 얼굴이 떠오르고
요즈음은
회식도 일이라는데
나는 끌어다 놓은
보릿자루보다도
무력하기만 하다

목 감기

줄

또 몇 사람
목이 달아날 모양이다

사장 바뀌자
자리만 차고앉은 사람들
여기저기 전화하며
사장 뒤만 졸졸 따라 다닌다

이럴 때
줄서기라도 하지 않으면
능력과 상관없이
간혹 아까운 사람
목이 달아나기도 한다

공단대로

공단대로
잘 나가던 때가 좋았지
통근버스에 앉아
뿌듯한 마음 가득
앞날이 바다처럼 펼쳐지는
꿈을 꾸기도 했다

선진조국, 복지국가, 문화시민
앞서가진 못해도
조국근대화의 기수
산업의 역군
그 이름만으로도
어깨 으쓱한 적 있었다

아이엠에프 터지자
동료들 줄줄이 잘려 나가고
넘어져 일어서지 못하는 사람
한둘이 아닌 지금

공단대로
살아남기 위해
날마다 앞지르기 끼여들기
박이 터진다

황금연휴 황금은 없다

삼일절 놀고

삼월 이일
공장 전체 월차 쓰고 놀고

삼월 삼일
노는 토요일 놀고

삼월 사일
일요일 놀고

경사 났네
경사 났어

공장 다니는 우리

손가락 빨고
살판났네

운수 좋은 날

은행 다니는 아내
실적 없어 승진 못한다고
신용카드 신청서
한 장 작성해 달라는
작업반장

카드 한두 장쯤이야 다 있다고 했더니
사용 안 해도 된다고
신청서만 작성해 달라기에
반원들 한 장씩 적어 주었다

며칠 지나자
신용카드 날아오고
동료들 서로 약속이라도 한 듯
야! 오늘 한잔 어떻노?

늘 호주머니 마른 사람들
이때 아니면 언제 한잔하나

미안하다

오랜만에
공장 동료들과 닭 한 마리
소주 몇 병 들고 정병산 골짝에 모여
낮술에 취해보지만
정신은 오히려 말똥말똥한 것이
영 편치 않다

일없어 휴업한 지
보름이 넘었다
언제 출근하라는 전화 올지 몰라
막상 무슨 일을 할 수도 없다

집에 있는 것도 하루이틀이지
아내 보기 미안한데
도리어 아내가
더 미안해 한다

금 닷돈

아이들 학원비며
집장만하며 낸 대출금이자
각종 공과금
들어갈 건 많고
손에 묻은 밥풀 같은 월급 쪼개어도
생활비는 늘 모자란다

아내에게
용돈 더 달라는 말은 차마 못하고
친구며 형들에게
신세만 지고 살았다

오늘은 십 년 근속상으로 받은
금 닷돈 핑계삼아
신세 지고 산
가까운 사람들과 술 한 잔 해야겠다

방울토마토

오랜만에 쉬는 날
저녁시장에 갔던
아내가 내온 방울토마토
웬 방울토마토?
퉁명한 내 말에
요즘 시장에서 제일 싼 게
방울토마토라 한다

딸아이에게
한 입 넣어주고
살며시 밖으로 나와
담배를 피워 물었다

올려다 본 하늘엔
아이 눈동자 같은 별들이
쓸쓸히 웃는다

출석수업

아내가 아침 밥상머리에서
봄나들이 가자는 걸
안 된다며
나는 책가방을 챙겼다

나이 들어 시작한 대학공부
차마 떨치지 못하고
제대로 한번 해보겠다는 다짐보다
딸아이 얼굴이 먼저 와 박힌다

오전수업 마치고
점심 먹으러 가는 길
봄 햇살 눈부시게 쏟아져 내려
함께 가던 후배가 푸념처럼
한 마디 한다
야! 날씨 한번 너무 좋다

그 말

가슴에 박혀
점심 어떻게 먹었는지 모른다

다시 성주사 골짝에서

휴일 날 아내와 아이들 데리고 성주사 골짝에 와보니,
아이들은 신이 나서 즐겁고 아내도 모처럼 웃는데, 문득
지난 생각이 난다. 마산 수출자유지역 내 공장 다닐 때,
민주노조 만들어 보겠다 뜻을 같이하던 동지들과 노조
위원장선거에서 패하고, 노노싸움까지 벌어졌던 기억이
난다. 밀리고 밀리다가 뿔뿔이 흩어지기 전, 성주사 골
짝에 와서 서로 부둥켜안고 울면서 쓴 소주잔을 마셨다.
십수년이 지났는데도 흐르는 물소리도 오래된 느티나무
도 평평한 바위도 그대로이다. 당당하게 살자 맹세한 동
지들만 보이지 않는다. 헤어지며 한 약속 잊지 않고 가
슴에 남아 오늘 나를 부끄럽게 한다.

제 4 부

노고단 가는 길

노고단 가는 길

칠선계곡

세석에서

지리산 철쭉

지리산

사원아파트

꿈에 부풀었던 날은 1

꿈에 부풀었던 날은 2

여전한 것은

마산바다

장마

이민을 꿈꾸는 것은

밀레니엄

배추이파리

노고단 가는 길

뱀사골 가는 길 따라
달궁터 지나고
심원계곡
하늘아래 첫 동네까지 올라
모퉁이 돌아서면 노고단이다

발아래 성삼재
천은사
구례 화엄사
지리산 일주도로
상처를 덮듯
깔끔한 아스팔트 포장 위에
봄가을 관광차들 줄을 잇고 있다만
이 길이 어떤 길이던가

이쪽 저쪽으로 나뉘어
형제 가슴에 총구 겨누던
토벌대들 이동하던 길

산짐승들도 돌아가는
삼팔선 같은 길 아니던가

칠선계곡

벽송사 아래
가끔 들르는 민박집에 앉아
사나운 바람소리 듣는다

얼어붙은 발싸개 끌며
조개골 넘어간 큰형 소식
아직도 모른다며
주인양반 풀어놓는 이야기에
밤 깊어 가는 줄 모른다

저 벽송사가 전쟁 때
야전병원 이더래요
아픔만큼이나 큰절이지요

정적 가르는
바람소리 거세지고
쾰쾰거리는
계곡 물소리
상처만큼이나 크다

세석에서

봄날
넓은 평전에 가득
붉은 철쭉 피었다 지고

뜨겁던 여름
하염없이 퍼붓는 빗줄기에
마음까지 쓸려간다

스산한 가을
아물지 않은 상처 위에
단풍잎도 떨어져
남은 쓸쓸함

차마 발길 옮기지 못해
하룻밤 묵는다

지리산 철쭉

이제 그만 잊어라
고개 절레절레 흔든다

세월이 흘러도
마음 변할 수 없어
진한 핏빛인가

가슴속
묻어둔 상처

봄만 되면
이제 그만 잊어라
잊어라 한다

지리산

진달래가 피기 시작하면
사람들은
아지랭이같은 어지럼증에
드러눕는다

빈 지게를 지고
소리 없이 왔다 간 사람들
세월이 가도
돌아오지 않고

앞산 뒷산 온통 진달래 지천이다

사원아파트

사원아파트 입주 신청서류 준비하며
이번엔 될 수 있겠냐던 아내
입사한 지 오 년만에
서류 넣었다가
떨어졌던 기억 때문일 게다

사원아파트 열쇠 받아 쥐고
곧바로 퇴근 한 나에게
씁쓸하니 웃던 아내

그저 이사 간다고
좋아하던 딸아이

아파트 층계 오르며
언제쯤
내 집 마련 할 수 있을지
앞이 막막하다

꿈에 부풀었던 날은 1

한 푼 두 푼 모아
집 장만 해보겠다는
꿈에 부풀었던 날은 잠시 뿐
부도난 임대 아파트 때문에
장맛비를 맞으며
주택은행 앞에서 집회를 합니다

알고 봤더니
은행 담당자와 건설회사 간부들
술 한번 걸판지게 먹은 모양
골조공사 끝나지도 않았는데
다른 아파트 사진 찍어
서류 꾸며서
국민주택기금
홀라당 삼켰지 뭡니까
벼룩의 간을 내어 먹지

그 돈이 어떤 돈인데

어떤 돈인데 말입니다
책임자 처벌하고
피 같은 돈 내놓으라고
내일은 신용보증사 앞에서도 집회를 할 겁니다

어제는 대책위 김형이 쓰러졌고
오늘은
또 누가 실려갈지 모릅니다

꿈에 부풀었던 날은 2

이 년 넘게 부도 나 있다가
겨우 실마리가 풀려
지난달 이곳으로 이사왔다

속 모르는 사람들은
새 집으로 이사했으니 좋겠다고
부러워하며 집들이하라는데
조경이랑 마당공사 시작도 안 했다

공사 잔재들 흩어져 있는
마당 여기저기
밤새 내린 비로
답답한 가슴 멍처럼
물웅덩이만 늘어났다

여전한 것은
— 권력

지금도 그대로

단지
세대교체
탈바가지 바꿔 쓴 것뿐

등쳐먹는
그 힘 대단한

마산 바다

숨가쁘게 몰아치던 파도
가라앉은 바다

김주열 열사가 떠올랐던
마산 바다

그 바다 메운 자리
대형 백화점
상가건물들만 들어서고

지금은
풋풋하고 비릿한 숨결마저
찾을 수 없다

장마

3.15 기념탑
장대비 맞고 서 있다

세상의 이끼
덕지덕지 달라붙은
기념비는 뭐 할라고 세웠을꼬

지리한 장마
끝이 보이지 않고

또 누가 꽃을 두고 갔다
꽃은 한철 아니던가

이민을 꿈꾸는 것은

가끔 이민을 꿈꾸는 것은
아무리 열심히 살아도
희망이 보이지 않기 때문이다

노동자 생활하며
앞만 보고 달려온 지 십 년
쥐꼬리만한 월급 받아
국민연금 고용보험 의료보험
주민세 소득세까지 떼이고

담배 한 갑에도
소주 한 잔에도
온갖 세금들이 다 떨어지고
의무만 존재할 뿐

세금만큼이나 멍든 몸
정작 이민은 갈 수도 없고

가끔 꾸어보는
이민의 꿈
조국인들 버리고 싶지 않겠는가

밀레니엄

세상이 다 바뀔 듯
야단법석 발광하던
허깨비 같은 밀레니엄

둘째 아이 출생신고하고
등본 한 통 떼어 보니
첫째 위에 올려져 있다

아이 순서가
왜 바뀌어 있냐 물었더니
이천 년에 태어나서 그렇다고 한다
이천 년에 태어난 것
무슨 상관 있냐고 물었더니
컴퓨터가
높은 숫자부터
인식한다 카나 뭐라카나

에이, 여보시오
차라리
새천년 인식 못한다 카소

배추이파리

오 년 전 공장 구조조정에
농촌으로 이삿짐을 꾸렸던 길상이 형

쌀 개방에 정부가 내 놓은 정책
벼농사 안 지으면
한 마지기에 배추이파리
스무 장 준다는 말에
논 주인들 너도나도
빌려준 논 내놓으라고 한다
논 빌려주고 받는 돈보다
농사 안 지으면 공짜로 받는 돈이
배로 많은데
누가 논을 빌려주겠는가

자기 논 한 평 없이
농사짓던 길상이 형
도시로 다시 돌아 갈 수도 없고
남을 수도 없어

밭에 심어놓은 배추가 눈에
가물가물 한다

* 배추이파리 : 만 원짜리 지폐

제 5 부

새

새
주 5일 근무 1
주 5일 근무 2
있으나 마나
인신매매
봄놀이
구속 1
구속 2
천왕봉에서
배달호 동지를 생각하며 1
배달호 동지를 생각하며 2
배달호 동지를 생각하며 3
배달호 동지를 생각하며 4

새

새 한 마리
공장 안에 날아들었다

쿵쾅거리는 기계소리에 놀라
이쪽 저쪽

벗어나려 날아보지만
나가는 문을 찾지 못해

몇 시간째
파닥거리고 있다

주 5일 근무 1

정부는 뭐 하는지
말만 꺼내 놓고
답도 없다

국회는
니가 잘나 내가 잘나
날마다 싸움박질 박이 터지고

자본가들
기회다 싶어
노동법 개악하려 한다

노동자들
쭈뼛쭈뼛
서로 눈치만 보고
밥그릇만 챙긴다

밥인지 죽인지도 모르고

주 5일 근무 2

일요일 한 번 쉬어 보는
절실한 노동자들
다 버려 두고

통념도 상식도 다 무시하고

공공부문
몇 천 명 사업장
먼저 쉬어야 하는가

공익 위해서라도
공공부문 사업장보다
선반공 용접공 쉬는 게
더 나을 것이다

노동강도를 따져 보아도
근무조건 열악한
작은 공장 노동자들

먼저 쉬어야 하는 것이 순리다

몇 천 명 쉬는 것보다
몇 명 쉬는 게 더 쉬울 것이다

있으나 마나

이쯤 되면
두 손 두 발 다 들었다

민노총이 집계한
손해배상 가압류 금액이
일천이백육십 몇 억이라는데
단번에 읽어내기도 힘든
천문학적 숫자에 기가 찬다

어디 그것뿐인가
가족들은 물론
입사할 때 세운 보증인까지
손발 꽁꽁 묶어놓고
노조탈퇴 강요하니

단체 행동권이 명시된
이 나라 헌법 있으나 마나

인신매매

일용직 회사 간부
용술이, 우찬이 한 달 몸값 받아
뗄 것 다 떼고
월급봉투 들고 왔다

우리들과 같은 작업장에서
같은 일하며
함께 부대끼는
일용직 용술이, 우찬이……

일은 일용직이 하고
돈은 다른 사람이 챙겨 가는
파견근로 노동법

봄놀이

한 달에 만 원씩 반 회비 모아
봄놀이 간다

소속은 달라도
같은 현장에서
하루 종일 몸 부대끼는
비정규직도 함께

관광유람선 안에서
소주잔 주고받으며
오늘만큼은 흥겨운데
마음은 자꾸 허전하기만 하다

저 바다는 언제나
한 물결로 출렁이는데

구속 1

창원공단 여기저기
이력서 넣기를 몇 번
전에 다니던 공장에서
노조활동 한 것 때문일까?

면접까지 잘 보고
연락한다 해놓고
끝이다

구속 2

양손에 수갑차고
끌려가지 않아도
감방에 갇혀있지 않아도
우리들 생존의 벌판
깊숙이 파고든 손길

노동자 관리리스트
A, B, C 등급
 A : 특별 관리대상
 B : 잡무 우선배치
 C : 특근 잔업 전혀 없음

이 땅,
이 땅에서,
나는 지금 구속 중이다

천왕봉에서

마천 지나면서
처음 지리산 올랐던 생각에
나도 모르게
백무동 매표소까지 갔다

눈 내리던 날
백무동골짝을 지날 때
발목까지 푹푹 빠져
몇 번이나 미끄러지고
나뒹굴었던 기억

오늘도 눈이 내린다
그 날처럼

눈 쌓인 등산길
통천문
천왕봉 눈에 선한데
가위눌린 우리들의 삶

언제 한 번
하늘로 오르는 통천문 지나
천왕봉에서
고함 한 번 질러보나

배달호 동지를 생각하며 1

어제 새벽
배달호 동지
분신을 했다

늘 짐승 같은
거대한 재벌을 향해
온 몸 던져 불 태워야
살아나는
아귀 같은 세상

답답한 가슴
얼마나 많은 날을
망설이며
아픔 삭이려 했을까

죽어야 살아나는
슬픈 세상에
슬픔만큼이나 검게 그을린

동지를 생각하면

이 땅에서
노동자로 산다는 것
세상을 뒤집고 싶다

* 2003년 1월 9일 두산중공업에서 가혹한 손배 및 가압류에
분신 사망한 노동열사 배달호

배달호 동지를 생각하며 2
— 영정

노동조합 사무실
한 쪽 벽에 걸려 있는
동지의 영정
조합사무실 오르내리며 보지만
눈빛 마주치기가 부끄럽다

살맛 나는 세상 만들겠다고
동지는 죽음으로 맞섰지만
공장이 다르다는
핑계만으로
문상 한 번 가지 못했다

노동조합 사무실에 영정이 걸린지도
한 달이 다 되어 간다

배달호 동지를 생각하며 3
— 부검

누가
검게 탄 동지의 시신을 두고
죽음을 의심하는가

동지의 가슴을 열어
평생 노동자로 살아온
피멍든 한이라도
보겠다는 것이냐

동지의 결백만큼이나
가슴 열어보지 않아도
우리들은 안다

배달호 동지를 생각하며 4
— 분신 40일째

아직도 차가운 냉동탑차에 누워있다

민주광장에서 지켜보겠다던 동지

동지의 뜻 세워보려 하지만
아직도 완강한 재벌

갑갑하고 답답한 시간만 간다

언제쯤
노동열사 만장 앞세워
동지를 편히 쉬게 하나

* 민주광장 : 두산중공업 내 노동자 광장

저 모퉁이 길 돌아서면

박영희(시인)

1

노동문학과 노동해방문학이 고개를 내밀던 시절이 있었다. 우리는 그 시절을 불꽃의 시대라고 불렀다. 그러나 지금, 우리가 서 있는 이 자리에서 저기 모퉁이 길을 돌아보니 어쩐지 낯설고 알 수 없는 회한이 묻어난다. 누군가의 빈자리도 몇 보이고 무엇보다 예전의 눈빛들이 아니다. 건널목도 때론 경계가 되는 모양이다. 응급실에서 중환자실로, 중환자실에서 일반병실로 옮겨와 창 밖을 내다보니 불꽃들이 진 자리에 풀꽃들이 피어나 있다. 우리는 저 풀꽃을 노래하며 십여 년의 시간을 보내왔던가.

그런데 왜일까. 십여 년 넘게 불리어진 노래가 저 홀로 흐르는 까닭은. 돌고 도는 순환의 연속으로 다가서는 까닭은.

불행하게도 울림을 잃어버렸다. 감동도 사라져버렸다. 갓 스물을 넘긴 청춘들은 텔레비전 화면을 통해 낡은 틀을 부수느라 온몸의 몸짓이건만 십여 년이 넘도록 노래를 부르고 있는 시인들의 노래는 이제 지루하다 못해 진부하다. 눈과 머리로만 읽혀질 뿐 온기가 전해지지 않는다. 불행한 시절이다. 너와 나의 체온을 잃고서 무슨 노래를 부르랴. 어떤 사랑을 나눌 수 있으랴.

누구는 유연한 대처를 당부한다. 또 누구는 부드러운 직선을 강조한다. 이러한 시절에 늘 그대로의 모습으로 살아간다는 것은 무엇일까. 여전히 그는 유연한 대처와 부드러운 직선을 깨닫지 못한 어리석은 삶의 소유자일까. 그러나 뼈를 깎는 성찰도 너무 오랜 시간 지속되다보면 무덤이 되는 법, 노래를 불러야 할 시인이 사색에서 벗어나지 못한 채 어정쩡한 철학자로 변모해 가는 지금 우리는 그 위험한 경계에 서 있는지도 모른다. 아니할 말로 낮아지고 더 낮아져서 마침내 모래알갱이가 되었을 때 그것이 한낱 자신의 도구로 사용된다면 저기 저 골목의 처절한 몸부림들을 어찌할 것인가. 이러지도 저러지도 못하는 늪에서 한달 봉급 육십만원을 손에 쥐고 어린것들과 발버둥쳐대는 저 여인의 탄식은 또 어찌할 것인가.

2

정은호의 첫 시집 『지리한 장마, 그 끝이 보이지 않는다』

는 떠날 사람들 떠나간 빈자리에 작은 돌멩이의 외침이며,
그 끝이 보이지 않아도 저 모퉁이 길을 돌아가면 피어 있을
풀꽃 한 송이다. 그 풀꽃 한 송이와 더불어 어버이가 계시고
아내와 어린것들, 함께 일하는 동료들이 페인트 벗겨진 정
거장 표지판으로 서 있다.

> 고향 갔다 돌아오는 일요일 저녁
> 완행열차도 내 마음처럼
> 힘겹게 고개를 오른다
>
> 조심해 가거라
> 손 흔드는 어머니
> 눈물 쏟아낼 듯한 그 눈빛
> 가슴에 내리꽂혀
> 어떻게 왔는지 모른다
>
> 오늘따라
> 쉬이 잠들지 못하고
> 어머니를 생각한다
>
> 어머이!
> 걱정하지 마이소
>
> —「고향 다녀온 날」전문

> 고향에 계시는 아버지가
> 갑자기, 직책이 뭐냐
> 직장생활 십 년 넘도록 했으모

무슨 직책이 있을 거 아니냐고 묻는다

평생을 다녀도
직책 같은 것 없이
급수만 올라간다고 했건만

직책이 없다는 말에
마냥 섭섭해하신다

―「직책」전문

　자신을 낳아준 탯줄의 분신이건만 모성(母性)과 부성(父性)의 또 다른 모습이 아닐 수 없다. 가난한 살림에 겨우 고등학교를 졸업시켜 자식을 객지로 떠나보낸 어머니는 그저 '몸조심해 가라'며 눈에 가득 당신의 세월을 담아 아픈 손을 흔드시건만 야속하게도 아버지는 봉급액수도 아닌 직책을 물어오신다. 난감한 일이 아닐 수 없다. 공장에 들어간 지 벌써 몇 해째인가. 참으로 한심한 노릇이다. 값나가는 애완견도 명함을 내미는 세상에서 대리면 대리, 반장이면 반장, 무슨 직책이 있어야 하지 않겠는가 말이다. 그렇다고 어찌 아버지의 그런 마음을 헤아리지 못하랴. 진보가 더불어 사는 세상에 놓인 징검돌이라면 세상 모든 아버지의 바램이란 상승(진급)에 있지 않던가.

　시인은 말에 앞서 글로서 모든 걸 대신하는 존재라고 했던가. 시집의 1부를 가득 채우고 있는 어버이를 향한 시인의 애틋함은 실로 아름답고 눈물겹다. 직책이 무어냐고 물어왔

던 아버지의 섭섭함도 잠시, '공단노동자로 떠나던 그 해에
멸구 먹어 폭삭 주저앉은 벼를 바라보시며 눈시울 붉히시던
아버지' 곁에 바싹 다가서 있으며「아버지의 농사」, '지각하
듯 시작한 대학공부가 뭔지 농사철인데도 소설창작론 옆구
리에 끼고 교수마저 없는 학습관으로 달려가는 자식의 발걸
음이 무겁다「일요일1」.

  우리는 때로 아득한 시절의 그 한 페이지를 위안 삼아 얼
키고 설킨 장편의 삶을 한 그루 당산나무로 살기도 하던가!
정은호의 삶에 그같은 한 페이지가 존재한다는 건 크나큰
축복이 아닐 수 없다. 일찍이 고향을 떠나와 공단노동자로
굴러다니는 몸이지만 자신을 버팅기게 한 아버지가 그 중심
에 서 계시는 것이다.

    지금은 고향에서
    비닐 하우스에 고추를 기르시는
    아버지

    태어나서 딱 한번
    도시에서 살던 때

    초등학교에 다니던 누이가
    학교에서 돌아오면
    언덕 밑으로 나 있던 신작로를 따라
    아버지 마중을 가곤 했었다

광목수건으로
땀을 훔치시던 아버지는
강바닥 모래를 퍼 올리며
우릴 보고 싱긋이 웃곤 하셨다

그 웃던 모습이
지금도 내 가슴에 남아
위태위태한 이 도시에서
나를 버티게 한다

―「아버지1」전문

　아름다운 동화 한 편을 읽는 듯한 풍경이다. 자신은 뒤로 감춘 채 누이를 앞세운 것도 그렇거니와 어린 자식들의 마중에 강바닥의 모래를 퍼 올리다말고 광목수건으로 땀을 훔치며 미소 한 자락을 풀어내시는 아버지의 모습은 한 폭의 수채화가 아닐 수 없다. 어디 그뿐이랴. 아버지의 그 싱긋한 미소 한 자락이 위태위태한 도심에서 자신을 버팅기게 만들어준 노동의 하루하루가 아닌가. 한 시인의 심성이 아버지를 향하고 있음은 들녘의 알곡들 익어가는 파아란 가을하늘이요 촉촉한 봄날의 흙이 아닐 수 없다.

　이런 시인의 심성에 어머니를 품는다면 그 애절함은 또 어쩌랴. '참깨 자루 머리에 이시고 도시로 돈 사러 간 어머니는 오늘도 마산역 번개시장에서 손녀딸을 위해 사탕 봉지 챙기시는 걸 잊지 않고 계시며「어머니」, '개천예술제가 열리던 날 손녀딸에게 줄 거라며 산 곰 인형한테서는 왼종일

들고 다닌 탓에 어머니의 냄새가 풀풀 난다「곰인형」. 그 할
머니를 아빠처럼 손녀딸도 가슴으로 꼭 품은 탓이리라. 유
치원에 다니는 손녀는 할머니를 흉내낸다고 야단인 것이다.

유치원에 다니는 딸아이
시골 할머니 흉내낸다고 야단이다

고개를 숙이더니
엉거주춤
어깨 들썩
팔은 휠휠
꼽추 춤이다

평생 흙만 파며 살아온 어머니
어쩌다
기분 좋아 추는 춤
딸아이가 본 모양이다

아이는 신이 났고
그걸 지켜보는 아비는
눈시울 붉고

―「아이와 아비」전문

웃고 넘던 고갯길의 막바지에 오르자 콧날이 찡해온다.
한순간, 말문이 막혀버린다. 어머니를 향한 발길처럼 애틋
하고 따순 발길이 또 있을까마는 몸조심하라며 손 흔드시던

109

모습이 다시금 되살아나는 까닭이다. 아마 시집 1부에서 어버이를 함께 담은 「옻칠」은 그래서 그날 저녁 시인의 집 밥상에 보름달로 떠올랐으리라.

3

　가난한 어버이와 되는 일이라곤 없는 동생의 아픈 기억들을 일단락 정리한 뒤 2부로 들어서자 정은호의 숨소리는 가빠지기 시작한다. 저편의 서정 몇 조각이라도 가슴에 품고 살았으면 좋으련만 냉혹한 현실은 그마저 짓밟아버린다. 그도 그럴 것이 죽음의 터널과도 같은 '노동의 새벽'을 지나온 지가 언제인데 노동자의 시련은 이토록 질기단 말인가. 일하고 싶어도 일할 곳이 없고, 혹여 잘리지나 않을까 노심초사다. 줄을 잘 서야 살아남는 기회주의적 모순들이 노동판에 만연해 있고 출근해보니 동료의 얼굴이 보이지 않는다. 대체 그는 어디로 자취를 감춘 것일까? 동료들과 삼겹살을 구워놓고 소주잔을 기울여보지만 어딘가 모르게 어색하다. 밥 따로 국 따로다.

　　한 울타리 안에서 먹는
　　한솥밥
　　분명 똑 같은데

　　구조조정 있은 뒤
　　기계 잡은 동료와

땜빵하는 동료 사이에
두텁게 가로놓인
벽

엇나간 마음 이어보자며
뜻 있는 동료들 삼겹살 구워놓고
소주잔 돌려보지만
여전히 따로 국밥

―「따로 국밥」전문

난감한 일이다. 몸뚱이 하나로 밥을 벌고 자식들을 가르치고, 그 몸뚱이 같은 가슴 하나로 소주잔을 비우며 으정을 키워온 동료들 간에 틈이 벌어지고 있다. 보아하니 그 틈은 암담한 현실의 벽이다. 대체 어떤 바람이 강타한 것일까! 뜨겁게 타올랐던 노동의 새벽을 지나오자 전체를 무너뜨릴 시 한폭탄이 우리를 기다리고 있다. 세계가 하나되는 찬란한 21세기를 코 앞에 두고서였다. 미국의 달러가 바닥이 나자 대한민국은 발칵 뒤집혔고 그 타계책으로 칼을 빼든 국가권력이 가장 먼저 내리친 곳은 노동자들의 일터였다. 국구멍으로 밥을 삼켜야 하는 가장 기본적인 노동력을 잃고 나자 내전(內戰)이 따로 없었다. 이와 같은 현실에서 어찌 시인이라고 잠자리가 편할 수 있었으랴. I.M.F를 주제로 시 한편 쓰지 않은 시인이 있다면 그건 시인도 아니라며 술잔을 털어넣던 한 시인의 자조는 두고두고 못이 되기도 했다.

　정은호도 예외는 아니다. 서먹서먹한 관계를 치유해보고

자 동료들과 소주잔을 기울여보건만 어렵사리 마련한 술자
리는 서먹하다 못해 싸늘할 지경이다. 오늘만큼은 좀 쉬고
싶으나 일요일에도 야근을 들어가야 하고 공단 하늘에 드리
워진 먹구름은 걷힐 기미조차 보이지 않는다. 계속되는 지
시에 따라 복종하듯 다시금 야근을 해보지만 이제 마음 둘
곳마저 사라져버린 일터는 공장이 무섭게 다가온다. 언제쯤
에나 무섭고 두려운 터널을 빠져나갈 수 있단 말인가. 두어
차례 돌아선 저기 모퉁이 길을 돌아보니 햇살 한 줌이 아스
라이 실눈을 뜨는 것 같기도 하다.

> 구조조정 경영합리화에
> 부서 이동 몇 번
> 공장생활 십 년인데
> 자리잡지 못하고
> 이리 떠밀리고 저리 떠밀려
> 오늘도
> 몇 군데 땜빵 일 간다
>
> 축배를 들며
> 아이엠에프 극복했다
> 야단이면 무엇 하나
>
> 늘 우리는
> 하루해가 길기만 하다

―「땜빵」전문

　머슴을 부리는 주인은 하루해가 왜 이리도 한 사발 숭늉 식듯 금방이냐며 불만이고 머슴은 머슴대로 하루해가 왜 이리도 고래심줄처럼 질기냐며 줄담배를 피워무는 세상. 우리는 또 기억하고 있다. 인간답게 살고싶다는 그 시절을 지나오자 터진 외환위기는 우리 모두를 처참하도록 비겁하게 만들어버렸다는 사실을. 정은호는 우리들의 그 비겁함까지도 숨기지 않고 있다.

기계 두 대만 돌려도
몸과 마음 엄청 바쁜데
덕산댁 아지매
일 잘한다는 칭찬 한마디에
세 대나 돌린다

하루 내내
땀 뻘뻘
다리는 벌벌
허리는 휘청휘청

하루 이틀 일할 것도 아닌데
저러다 골병들지
—「덕산댁 아지매」전문

　설사 그것이 자랑스런 모습이건 창피한 모습이건 시인이라면 적어도 그 치부까지 내보여주는 게 소임이라고 했던가. 정은호는 「덕산댁 아지매」를 통해 우리 모두를 부끄러

113

운 방관자로 만들어버린다. 가혹한 노래요 가혹한 현실이
아닐 수 없다. 살아가는 동안 우리는 어디까지를 인정하고
어디까지를 거부해야 하는지! 장롱 구석에 넣어둔 황금 거
북이를 시작으로 돌반지까지 끌어 모아 바닥난 달러를 땜빵
시켜 놓았지만 여전히 구조조정의 칼날은 시퍼렇게 살아 있
다. 반가운 마음에 서둘러 출근해보지만 잔업 아니면 특근
으로 이어지고 어떤 날은 일감이 없어 하루종일 빗자루를
든 채 일터를 서성거려야 한다. 그러나 신성하다는 노동에
슬픈 현실만 지속된다면 누군들 배겨날 수 있을까. 다음과
같은 시편들이 없었다면 우리는 일찍이 서점에 나온 시집들
을 몇 페이지에서 그만 덮고 말았으리라.

    은행 다니는 아내
    실적 없어 승진 못한다고
    신용카드 신청서
    한 장 작성해달라는
    작업반장

    카드 한두 장쯤이야 다 있다고 했더니
    사용 안 해도 된다고
    신청서만 작성해달라기에
    반원들 한장씩 적어 주었다

    며칠 지나자
    신용카드 날아오고
    동료들 서로 약속이라도 한 듯

야! 오늘 한잔 어떻노?

늘 호주머니 마른 사람들
이때 아니면 언제 한잔하나

-「운수 좋은 날」전문

　내친 김에 옮겨놓긴 하였지만 글쎄다, 염려가 앞선다. 이
런 일을 가지고도 과연 '운수 좋은 날'이라고 할 수 있는지
자신이 서지 않는다. 허나 혼자서도 아니고, 반원들 전체가
한날에 신청서를 작성해 한날에 우편물 속의 신용카드를 받
았다면 어찌 한잔 꺾지 않을 수 있으랴. 누구는 삼일절에 놀
고, 다음날은 월차 내고 놀고, 또 다음날은 일요일이라서 경
사가 난 마당에 황금연휴에 황금은 고사하고 손가락이나 빠
는 신세들이 아닌가. 이미 2부에서도 「특근하던 날」을 통해
이와 같은 징조를 보인 바 있는 정은호의 천연덕스러움은
우리에게 두 가지를 시사하고 있다. 강도 높은 노동시간으
로 인해 비록 몸은 지쳐 있으나 인간의 심성마저 망가진 것
이 아님을 보여주려 함이 그 첫 번째이고, 두 번째는 언제고
얄팍한 호주머니지만 그 호주머니 속에 담고자하는 것은 다
름 아닌 체온이다. 그는 가족과 함께 여름휴가를 떠난 곳에
서 만난 한솥밥 동료인 「명근이 형」을 가슴 저리게 기억하
고 있으며, 삼교대 근무에 쫓기듯 집을 나섰다가 만난「새벽
녘 거리에서」의 생선장사 아줌마나 뻥튀기 아저씨의 고함
소리는 시인으로 인해 다시금 되살아남을 알 수 있다. 눈에

115

보이는 것만이 전부가 아님을 우리 모두에게 보여주고 확인
시켜주고 있는 것이다.

4

　불혹을 코앞에 두고 있는지라 아내와 세 딸을 향한 행보
도 시인에게는 자그마한 행복이리라. 그러나 정은호는 아내
에게 늘 미안하다. 일요일에도 특근하느라 집을 나설 때는
아이들에게 미안하고, 일하랴 때늦은 공부하랴 구조조정에
살얼음판 건너랴 가장으로 살아간다는 것이 미안하고 또 미
안하다.

　　일없어 휴업한 지
　　보름이 넘었다
　　언제 출근하라는 전화 올지 몰라
　　막상 무슨 일을 할 수도 없다

　　집에 있는 것도 하루이틀이지
　　아내 보기 미안한데
　　도리어 아내가
　　더 미안해한다

―「미안하다」중에서

　　아내가 아침 밥상머리에서
　　봄나들이 가자는 걸
　　안 된다며

나는 가방을 챙겼다

나이 들어 시작한 대학공부
차마 떨치지 못하고
제대로 한번 해보겠다는 다짐보다
딸아이 얼굴이 먼저 와 박힌다

–「출석수업」 중에서

부부란 무엇이고 사랑이란 무엇일까. 어떤 사람은 이혼이 불가피했다며 사회현상에 그 초점을 맞춰 자신의 치부를 가리려 안달이고, 또 어떤 사람들은 한푼의 위자료라도 더 받아내고자 안달이다. 그러나 정은호는 쪼잔하게도 아내에게 미안하다. 어제도 미안하고 오늘도 미안하다. 어제는 동료들과 정병산 골짝에 모여 오랜만에 소줏잔 곁들이느라 미안하고 오늘은 뒤늦게 시작한 대학공부 때문에 미안하다. 문제는 이러한 시인의 마음에 다가서는 아내의 모습이다. 진실된 부부란 남편이 아내를 닮아가고 아내가 남편을 닮아간다고, 남편의 펜을 통해 보여지는 아내 역시 시인의 심성만큼이나 곱다. 「목감기」에서는 아침에 출근하는 남편에게 감기약을 챙겨주는 따스한 손길이 보여지고, 「사원아파트」에 이르면 퇴근하는 남편 앞에 아파트 열쇠를 손에 쥐고 웃어 보이는 쓸쓸한 미소 한 자락은 세 아이를 둔 엄마의 모습이 고스란히 묻어난다.
  이렇듯 서로 다른 얼굴로 만나 부부로 살아가는 동안 닮아간다는 것은 얼마나 아름다운 일이며 힘겨운 일인가. 어

떤 대의가 아닌, 일상의 사사로움을 체온으로 담아내는 것
처럼 어려운 일이 또 있을까? 모든 불화와 불행의 출발에는
그와 같은 일에 시간을 들이지 않았기에 생겨난다. 머리(이
론)가 가슴(일상)을 앞질러간 오독에서 빚어진 결과라고 할
까. 사랑은 일차선이 아니라 이차선 도로이다. 두 사람이 가
고자 하는 길은 다르나 두 사람이 응시하는 곳만큼은 한곳
인 것이다. 그 한곳의 응시는 애절함일 수도 있고, 미안함일
수도 있고, 쓸쓸한 자락 바람일 수도 있다. 다음과 같은 이
야기를 정은호는 한 편의 시를 통해 보여주고 있는 바, 더
이상의 잔소리가 무슨 소용 있으랴.

오랜만에 쉬는 날
저녁시장에 갔던
아내가 내온 방울토마토
웬 방울토마토?
퉁명한 내 말에
요즘 시장에서 제일 싼 게
방울토마토라 한다

딸아이에게
한 입 넣어주고
살며시 밖으로 나와
담배를 피워 물었다

올려다 본 하늘에
아이 눈동자 같은 별들이

쓸쓸히 웃는다

ㅡ「방울토마토」전문

　아내에게 바치는 그 어떤 노래보다 시인의 마음이 오롯이 담긴 시가 아닐까 싶다. 세상 물정 잘 모르는 시인의 오늘이 그대로 담겨 있는가하면, 요즘 시장에서 가장 싼 게 방울토마토라는 아내의 말에 슬그머니 자리를 빠져나와 담배를 피워 무는 시인의 순간도피는 쓸쓸한 코웃음을 흘리게 만든다. 세상의 남자들이라면 한번쯤 경험해본 일이 아닐까여서다. 다행스럽게도 한 가장의 순간도피는 한 개비 담배에서 그치지 않는다. 그는 담배를 피워 문 채 올려다본 하늘에서 자성의 노래를 담고 있는 것이다. 그것은 다름 아닌 아이들의 눈동자처럼 빛나는 별들에게 전하는 한 사내의 쓸쓸한 미소다.

　이런 성품을 지닌 시인이 어떤 연유로 「다시 찾은 성주사 골짝에서」는 아내와 아이들을 저만큼 밀어둔 채 다른 상념에 빠지게 된 것일까? 정은호는 누구보다 자그마한 일상을 소중하게 여기며 가꿔온 시인이다. 그런 그에게 민주노조를 만들어보겠다며 뜻을 같이했던 동지들과 노조위원장 선거에서 패한 쓰라린 기억들은 새로운 발견이 아닐 수 없다.

5

　공장동료로 이어지던 정은호의 시편들이 5부에 다다르면

동료는 동지로 바뀐다. 노동이 노조로 바뀌는가하면, 한 직장에서 함께 일하는 사람들이 아니라 뜻을 같이 하는 사람들로 바뀐다. 그렇다고 이와 같은 갑작스런 변화가 정은호에게 하루아침에 찾아온 손님은 아니다. 저 모퉁이 길을 돌아보니 그에게도 때묻은 이력서를 손에 쥐고 공단거리를 배회했던 기억들이 무슨 전과처럼 남아 있는 것이다.

  창원공단 여기저기
  이력서 넣기를 몇 번
  전에 다니던 공장에서
  노조활동 한 것 때문일까?

  면접까지 잘 보고
  연락한다 해놓고
  끝이다

—「구속1」전문

  짧막한 전문의 시에서 나타나고 있듯 되돌아보고 싶지 않은 기억의 저편은 이것만이 아니다. 양손에 수갑 차고 끌려가지 않아도 감방에 갇혀 있지 않아도 우리들의 생존은 벌판에 내몰려 있으며, 그래서 나는 A, B, C급으로 분류되어 특별관리 대상이 되거나 잡무 우선배치를 받게된다.
  듣고 보니 한심할 노릇이다. 불꽃의 시절도 술자리의 안주로 오르고, 온갖 풀꽃들이 앞다퉈 시의 주제로 소재로 피어나는 마당에, 생존의 벌판으로 내몰림은 무엇이고 특별관

리 대상은 또 무엇이란 말인가. 낼모레면 이 땅의 노동자들
도 주 5일제 근무가 시행되는 판에 분노는 무엇이며 이미
낡아버린 저항은 또 무엇이란 말인가. 그러나 정은호는 노
동자로서 노동자에게 할말이 있다.

> 일요일 한번 쉬어보는
> 절실한 노동자들
> 다 버려 두고
>
> 통념도 상식도 다 무시하고
>
> 공공부문
> 몇 천 명 사업장
> 먼저 쉬어야 하는가
>
> —「주 5일 근무 2」 중에서

애써 물음표를 찍어 강조하지는 않았지만 '누가 먼저 쉬
어야 하는가'라는 그의 분노에 대한 대안 또한 곧바로 이어
진다. 그의 대안은 간단하다. 공익을 위해서라도 공공부문
사업장보다는 선반공과 용접공이 쉬는 게 더 나을 것이며
노동강도를 따져보더라도 근무조건이 열악한 작은 공장의
노동자들이 먼저 쉬는 게 순리다. 그러나 현실은 어떠한가.
노동판도 예전의 노동판이 아니다. 노조도 예전의 노조가
아니다. 누구 하나 50퍼센트가 넘는 비정규직에 대해 입을
열려고 하지 않는다. 내가 먼저 쉬어야 하고 우리가 먼저 주

5일 근무제를 실시해야 한다.

　어디 그뿐인가. 대기업 노동자들이 아니면 양대 노총에서
마저 관심 밖이다. 그래서 국회의원선거라도 다가와 노동자
후보를 내세우면 한쪽에서는 다 된 밥에 동지들이 재를 뿌
렸다며 목청을 높이고 다른 한쪽에서는 정부도 사업가도 아
닌 노동자가 노동자를 차별하는 마당에 선거는 얼어죽을 선
거냐며 등을 돌려버린다. 씁쓸하고 참담한 현실이나 우리는
지금 여기에 서 있다. 노동자들끼리 서로 눈치만 살피며 밥
인지 죽인지도 모를 밥그릇 챙기기에 바쁘다. 노동의 새벽
은 생명의 새벽으로 날아가버렸고, 만국의 노동자도 자취를
감춘 지 오래이다. 밥이 되든 죽이 되든 오늘은 이미 어제가
아니고, 한 달 봉급 60만원으로 입에 풀칠을 하든 말든 내
알 바 아니다. 이제 모든 문제는 그들의 몫이며 너희들의 몫
이다. 그 틈바구니가 곧 기회인지라 살판나는 건 사업주들
이다. 노동자들을 상대로 손해배상을 청구하느라 바쁘고 가
압류 딱지가 어지럽다.

　　이쯤 되면
　　두 손 두 발 다 들었다

　　민주노총이 집계한
　　손해배상 가압류 금액이
　　일천이백육십 몇 억이라는데
　　단번에 읽어내기도 힘든
　　천문학적 숫자에 기가 찬다

어디 그것뿐인가
가족들은 물론
입사할 때 세운 보증인까지
손발 꽁꽁 묶어놓고
노조탈퇴 강요하니

단체행동권이 명시된
이 나라 헌법 있으나 마나

─「있으나 마나」전문

어디까지가 유연한 대처이고 어디까지가 부드러운 직선인 것일까? 우리도 머잖아 저 아메리카의 비극적 현실처럼 흑인들이나 이용하는 할렘가의 지하철을 타고 다니며 끝 모를 지하막장으로 내달려야 하는 것일까? 10시간, 12시간의 노동 속에서도 꾹 참고 순종하듯 그렇게 살아줘야 자본주의는 제대로 자리를 잡아가는 것일까? 아, 이 무서운 신종의 계급주의를 또 저토록 유식한 사람들은 어떻게 해석하고 정의 내릴 것인가!

이 땅의 한 노동자 시인이 노래하기 훨씬 전에 사람이 죽었다. 한 노동자가 죽었다. 2003년 1월 9일이었다. 한국의 두산중공업에서 요구한 손해배상과 가압류에 못 이겨 한 노동자가 분신을 선택했다. 그의 죽음에 누군가는 정의를 내려줘야 할 것 같다. 배달호, 그의 죽음은 어리석었는가 아니면 막다른 길이었는가? 그의 죽음을 심성 착한 한 시인은 이렇게 품고 있다.

어제 새벽
배달호 동지
분신을 했다

늘 짐승 같은
거대한 재벌을 향해
온몸 던져 불 태워야
살아나는
아귀 같은 세상

답답한 가슴
얼마나 많은 날을
망설이며
아픔 삭이려 했을까

죽어야 살아나는
슬픈 세상에
슬픔만큼이나 검게 그을린
동지를 생각하면

이 땅에서
노동자로 산다는 것
세상을 뒤집고 싶다

—「배달호 동지를 생각하며 1」 전문

　누가, 무슨 말을 더 할 수 있으랴. 죽어야 살아나는 슬픈
세상에서. 노동조합 사무실 한쪽 벽에 걸려 있는 영정을 조
합사무실을 오르내리며 보건만 눈빛 마주치기가 부끄럽고,
분신한 노동자를 두고 의심의 눈초리를 보내는 이 슬프디
슬픈 세상에서. 이 한켠에 정은호가 있다. 시인으로서가 아
니라 동지로서. 이것은 무얼 의미하는가. 그가 보고 있는 세
상은 예전 그대로이다. 그다지 큰 변화가 없다. 정권의 세대
교체라지만 그의 눈에 비치는 오늘은 여전히 탈바가지를 바
꿔 쓴 것뿐이며 헌법마저도 제 멋대로다. 어디에도 약자를
먼저 생각하고 배려하는 곳이 없다. 그렇다고 심성 착한 그
가 불만과 분노로만 가득 차 있는가. 그건 아니다. 지리산으
로 향한 그의 시선을 유보하는 이유도 다음과 같은 시편 때
문이리라. 그가 꿈꾸며 부둥켜안고 가야 할 세상이 하나 있
다면 다음과 같은 시편에 고스란히 녹아 있기 때문이다.

　　한 달에 만원씩 반 회비 모아
　　봄놀이 간다

　　소속은 달라도
　　같은 현장에서
　　하루종일 몸 부대끼는
　　비정규직도 함께

　　관광유람선 안에서
　　소주잔 주고받으며

오늘만큼은 흥겨운데
마음은 자꾸 허전하기만 하다

저 바다는 언제나
한 물결로 출렁이는데

-「봄놀이」전문

저 바다는 언제나
한 물결로 출렁이는데

글쓴이의 말

시인이란 어떤 존재일까?
나는 시를 쓰면서 조금씩 깨우치게 되었습니다.
땀흘려 일하고 정직하게 살면서
사람을 사랑하고 싶어서 밤잠을 설치는 사람이라는 것을,
그리고 생각했습니다.
시인이란 하찮은 들꽃 한 송이를 보고도
'아, 저렇게 아름다울 수가 있을까?
느낄 수 있는 사람이라는 것을,
나는 시를 쓰면서
'사람의 길' 이 무엇인지 고민하게 되었고,
그 길로 가기 위해
오늘도 일터에 갑니다.
이 시집에 실은 글들은
지금까지 내가 살아왔던 삶과 생각들을 담았습니다.
그래서 있는 그대로, 드러낼 것도 감출 것도 없이
세상을 살아가는 이웃들과 만나고 싶습니다.
늘 힘이 되어 준 객토동인과 정홍이 형,
그리고 발문을 써준 영희 형에게 고마운 마음을 전하며,
우리 가족과 출판사 식구들에게도 고마움을 전합니다.

2003년 8월 정은호

마이노리티시선 19

지리한 장마, 그 끝이 보이지 않는다

지은이 정은호
펴낸이 조정환, 장민성
책임운영 신은주 편집부 양돌규 출판부 이택진 마케팅 오주형

펴낸곳 도서출판 갈무리 등록일 1994. 3. 3. 등록번호 제17-0161호
초판인쇄 2003년 10월 20일 초판발행 2003년 10월 30일

주소 서울 마포구 서교동 467-1호 파빌리온 오피스텔 304호 (121-842)
전화 02-325-1485 팩스 02-325-1407
website http://galmuri.co.kr   e-mail galmuri@galmuri.co.kr

ISBN   89-86114-57-7 / 89-86114-26-7 (세트) 04810
값 6,000원

★ 잘못 만들어진 책은 바꾸어 드립니다.